Émile Verhaeren
Philipp II.

fabula Verlag Hamburg

ISBN: 978-3-95855-443-6
Druck: fabula Verlag Hamburg, 2017
Covergestaltung: Violetta Wegel

Der fabula Verlag Hamburg ist ein Imprint der Diplomica Verlag GmbH.
Bibliografische Information der Deutschen Nationalbibliothek:
Die Deutsche Nationalbibliothek verzeichnet diese Publikation in der Deutschen Nationalbibliografie; detaillierte bibliografische Daten sind im Internet
über http://dnb.d-nb.de abrufbar.

Émile Verhaeren

Philipp II.

fabula

Personen:

PHILIPP II., König von Spanien

DON CARLOS, Prinz von Asturien, der Infant

DIE KOMTESSE DE CERMONT, Hofdame

FRAY BERNARDO, Beichtiger des Königs

DON JUAN D'AUSTRIA

DON FRANCISCO DE HOYOS, Notar des Königs

FRAY HIERONIMO

GRAF FERIA

SOLDATEN und MÖNCHE

Alle drei Akte spielen im Escorial.

*Eine Terrasse. Links der Pavillon des Don Carlos.
Im Hintergrund der Szene der Escorial, wo nur ein
Fenster, das Philipps II. erleuchtet ist. Zwischen dem
Hintergrund und der Terrasse liegen die Gärten des
Palastes. Zwei Stiegen, eine rechts, eine links, steigen
von der Terrasse zu den Gärten nieder.*

Erster Akt

DON CARLOS.

>Oh, wie ich traurig bin und müde heute Nacht!
>Und wie so traurig auch über die leeren
>Gefilde fahl der Himmel Spaniens wacht!
>Der kalte Escorial wirft seinen schweren
>Schatten viel schärfer noch und schwärzer hin
>Als all die andern, die ich mit dem Blick durchspüre
>Und die mich ansehn und mich sterben sehn.
>O mein verschloßner Traum, wann brech ich deine Türe,
>Wann werdet, Wünsche ihr, mir in Erfüllung gehn!

Er geht gegen den Rand der Terrasse zu und wartet.

>Gestern war ich noch klar und fest. All meine Kraft
>Erbebte wie ein Schwert, das auf den Sieg sich stemmt;
>Ich war begnadet, war emporgerafft
>Zu Zukunftsträumen, oh, mit solcher Leidenschaft,
>Sie hätte meinen Ahnherrn stolz gemacht!
>Und nun wie immer, müde, leidend, schwach,
>Den eignen großen Träumen fremd.

Er wendet sich zu der Seite, von der die Komtesse kommen soll.

>Mein Gott, was kommt sie heute nicht!

Plötzlich heftig.

>Was kommt sie nicht, da ich sie doch begehre!

DIE KOMTESSE, *erscheint an der linken Stiege.*
    Carlos! Mein König Carlos!

CARLOS, *sich in ihre Arme stürzend.*
    Geliebte! O das schöne Licht
    In deinem Blick!
    Wenn ich nur deine Stimme höre.

DIE KOMTESSE, *hastig.*
    Die Marquise von Amboise ist gerettet! Zu dieser
    Stunde ist sie schon auf offener See. Die Reformier-
    ten in England erwarten sie. All deine Befehle sind
    ausgeführt. Oh, was für ein edles Werk du tatest,
    mein König!

CARLOS, *zerstreut.*
    Ah!

DIE KOMTESSE
    Bedauerst du's?

CARLOS
    Oh, wie ich mich krank und müde fühle!
    Alle Schmerzen und Fieber spülen
    Ihr Feuer in meine fahle Brust,
    In mir wühlt heimtückisch das Leid,
    Die alte Wunde hämmert und klopft.
    O Liebste, wie da deine Liebe befreit,
    Wie stark und schön die lebendige Lust
    Von deinen versiegelnden Küssen tropft!

DIE KOMTESSE
    Carlos!

CARLOS
    Was bist du, Teure, nicht immer bei mir
    Mit deiner Seele, die Sanftmut besternt,
    Mit deinem Vertrauen in meine Kraft,
    Das manchmal erschlafft
    Und neu sich stet zu erflammen gelernt?

Don Carlos bin ich und trage die Glut
Und Trauer und Schmerz und den Glanz eines
Traums.
Seit vielen Jahren nährt ihn mein Blut,
Doch ewig bleibt er im schwellenden Raum
Meines Herzens gefangen und rauscht nicht empor
Zur wirklichen Tat und zum Heldentum.
Aber ich habe nicht Zeit,
Denn bevor
Die Glocken trauernd mein Sterben verkünden,
Müssen sie erst meinen Sieg, meinen Ruhm
Jauchzend hinschreien zu allen Winden.
O Karl der Fünfte, ich bin ein Stein,
Von deinem Schwung in die Welt entsendet,
Ich will die funkelnde Waffe sein,
Die deine glorreiche Tat vollendet.

DIE KOMTESSE

Endlich, Carlos, besinnst du dich!

CARLOS

Eben noch fürchtete ich dein Wort. Ich war ohne Leben. Ich wagte nicht mehr an die Kühnheit meiner
Pläne zu denken. Doch morgen schon werden sie sich
erfüllen. Alles ist beschlossen, versprochen. Nur die
Hilfe Don Juans fehlt mir noch.

Ein Schweigen.

Er hatte dir doch versprochen, mit uns die Marquise
von Amboise zu retten. Hat er Wort gehalten?

DIE KOMTESSE

Von Guipuzcoa begab sich die Marquise nach Renteria und Pasajes. Don Juan, der Admiral der Flotte, konnte, dank eines vom Könige zufällig gege-
benen Befehls, seine Flotte entfernen. Die Küsten
waren unbewacht. Eine Barke wurde gebracht, mit
ihr konnte sie Spanien verlassen. So half uns Don

Juan, ohne daß es den Anschein hatte, er unterstütze unsere Absichten.

CARLOS

Gut so!

DIE KOMTESSE

Du weißt, wie sehr ich die Marquise liebe, wie ich zitterte, sie in Madrid zu wissen. Der König Philipp suchte sie mit allen Fallstricken zu fangen, weil er sie der Häresie verdächtigte.

CARLOS

Nicht mein Vater war zu fürchten, sondern die Mönche. Sie sind gefährlich.

DIE KOMTESSE

Leider!

CARLOS, *brüsk.*

Nein, nein! Nicht so. Sie sind die unerschütterliche Stütze meiner Macht, sie sind das Blut, das Herz und die Kraft Spaniens. Wenn ich jemals bereuen sollte, die Marquise so gerettet zu haben, so werden sie es sein, die mich daran erinnern werden. ... Wirklich, ich muß dich mehr lieben als mich selbst, muß dich blind und verzweifelt lieben, lieben wie eine Sünde ...

DIE KOMTESSE, *zärtlich.*

Verzeih es mir!

CARLOS

Komm näher, komm, bis unsre Brust vereinigt
Und unsrer Lippen Brand, daß ich vergessen kann ...
Bedenk, die Kirche ist das Heil! Sie reinigt
Die trübe Welt in ihren lautern Feuern,
Sie zehrt sie auf, doch nur, sie zu erneuern,
Und trägt sie rein zu Gottes Blick hinan.
Du darfst der Kirche Tücke nicht so furchtbar finden,
Weil sie als Löwin drohend – und doch liebend – jagt

Und der Verdammten Leib voll Schmach und Sünden
Mit heißen Zähnen sich als Opfer packt.
Ist blutig auch die Tat, das Recht ist doch mit ihnen:
Nützlich ist sie und kann selbst einem König dienen.
Sie alle fürchten Rom – nur ich allein
Habe das Herz so kraftvoll geschwellt,
Daß ich es wage, mir Kirche und König zu sein,
Der Herrscher der Welt!

DIE KOMTESSE
Carlos, du träumst!

CARLOS, *fiebernd.*
Nein, nein, nein, nein! In meinem Haupte stürmt
So toll der Stolz, daß alle Zweifel schwinden.
Mit meinem Reiche wird sich erst die Königsmacht
begründen,
Und dieses Haus, gigantisch wie ein Fels getürmt,
Zu groß für meinen Vater, wird für mich erst passen.
Auf seine Mauern wird man meine Taten malen las-
sen,
Wie ich zu fernem Land den Ozean durchdrungen,
Die Schlachten, Taten und Eroberungen.
Ich weiß, ich weiß, ich gewinne die Welt,
Das Meer und Sonne, auch sie werden mein,
Und selbst der Tod wird dann machtlos sein,
Weil mein Wille ihn eisern zu Boden hält.

DIE KOMTESSE, *fast mit Mitleid.*
Carlos! Carlos!

CARLOS, *sich beruhigend.*
Frage Don Juan, wie wir zusammen träumten, wie
unsere Herzen selig der Zukunft vertrauten. Wir haben uns einer dem andern ewigen Ruhm verheißen,
und beide werden wir ihn gewinnen.

DIE KOMTESSE
Kommt Don Juan hierher?

CARLOS, *macht ein bejahendes Zeichen und fährt fort.*
Mit welchem Jubel wird er meinem Aufstieg folgen!
Seit langem ahnt er mein Verlangen, aber er weiß
nicht, was ich wagen will, was ich schon morgen ohne
Zögern wagen will.

Plötzlich wieder kraftlos.

Ich kann nicht mehr ... Ich kann nicht mehr ... Ich
muß sofort flüchten, muß nach Flandern.

DIE KOMTESSE, *zieht ihn sanft gegen den Rand der Terrasse
hin. Das Licht am Fenster des Königs ist erloschen.*
Sieh doch die schöne Nacht und sieh ihr Schweigen
Sich groß und göttlich über alle Fernen neigen!

CARLOS, *ihr nachgebend.*
O reine ernste Nacht, voll Glanz und Frieden,
Fern leuchtend mit den Bergen, den verklärten! ...
Der Escorial schläft ein. Und auch in seinen Gärten
Die Blüten schlummern, die zu üppig glühten.
Dort glänzt Madrid. Sein hoher Glockendom
Blickt blinkend über das verworrene Gesträuch,
Und leise raunt der linde Manzanaresstrom
Legenden hin von unserm Königreich.

DIE KOMTESSE
Mild haucht die Luft, das Feld mit Silber überblitzend,
O wie, mein Liebster, doch das Leben göttlich ist,
Und wie mein armer Arm dich immer schützend
So hüten wollte, daß du all dein Leid vergißt.
Ich kam zu dir mit mütterlich bewegter Seele
Aus Frankreich, wo man liebt, ohne zu bangen,
Wo sanftrer Himmel alles gütig macht
Und man aus Stunden liebenden Verlangens
Nicht grell erschreckt von bösem Traum erwacht.

CARLOS
O deine schönen Augen, deine stolze Seele!

DIE KOMTESSE

Nur deinem Ruhm und Sieg gilt all ihr Feuer,
Ich träum dich als König, heiter und lind,
Wie unsre weißen Valois sind,
In hellen Gemächern, in grünen Bezirken
Frei zu herrschen und frei als König zu wirken.

CARLOS

Ich aber lieb die Ferne und das Abenteuer!

DIE KOMTESSE

Im Escoriale haucht nur Moderluft,
Vergiftet von Tücke und finstrer Gewalt.
Hier lebt man nicht, man taumelt in die Gruft.
Und abends ballt
Der Winde Schrei wie ein schwarzes Tuch
Sich auf und wirft sich über das Land.
Die Berge sind finster, rotglühend der Sand,
Und drohend stehen in gleichem Kleid
Verdorrte Höhen rings aufgereiht;
Der Boden ist Frost und Feuer zugleich,
Nur die bösen Begierden entkeimen ihm reich.

CARLOS

Oh, wie oft hat auch mich der Ekel gepackt,
Der fiebernde Zorn, und wie ungeheuer,
Mit Wahnsinnsfeuer
Aufleuchtend, in meine Nächte geflackt.

*In diesem Augenblick erscheint Philipp auf der linken Stie-
ge zur Terrasse und schreitet von rückwärts sehr langsam
gegen die Komtesse und Don Carlos zu, die ihn nicht be-
merken.*

Doch heute hab ich dich und deiner Seele Kraft,
Der Liebe lichten See, darin mein Leid ertrinkt.
In Strahlenfluten braust der Worte Strom
Zu mir, und Blicke, drin die Leidenschaft
Wie Widerstrahl der großen Güte blinkt.

Horch! Unser Glück ist süß umhegt von Schweigen,
Und dein Zimmer ist still, und dein Leib ist mein ei-
gen,
O höre Geliebte ... o komm ... o komm ...

Don Carlos zieht die Komtesse gegen das Zimmer hin.

DIE KOMTESSE, *sich zurückwendend.*
Der König!

*Philipp sieht sie einen Augenblick an, macht eine vage, beru-
higende Handbewegung und setzt seine nächtliche Wande-
rung fort; er verschwindet auf der rechten Stiege.*

O Gott! Bis in die letzte Tiefe
Hab ich die Starre meines Bluts gefühlt!

CARLOS, *von der Rampe hinausblickend.*
Das Licht verlöscht, die Fenster ganz verhüllt,
Er wollte glauben machen, daß er schliefe.

Plötzlich losbrechend.

Du nächtiger König, der uns schleichend belauert,
Du tückischer Träger geheimer Gewalt,
Ich fühle es furchtbar, bei jedem Schritt,
Der aus der Dämmerung von dir hallt,
Bröckelt ein Stück meines Herzens mit.
König, du Vater, vor dem mir schauert,
Herrscher, den drohendes Dunkel hält,
Die Winde in ihrem Zorne sprechen
Die Botschaft von deinen roten Verbrechen
Mit wilden Schreien hinaus in die Welt. –
Gott sei mein Zeuge, daß ich, dein Sohn,
Mit Recht mich aus deiner Umklammerung wühle,
Deren stickende Arme ich schon
Würgend an meiner Kehle fühle!

DIE KOMTESSE
Carlos! Carlos!

CARLOS

Leben will ich, und wenn ich sinke,
Daß sich mein Sterben dem Siege gattet!
Und bin ich müde, so ist es nur,
Weil ich die stickige Hofluft trinke,
Und weil seine fahle Gespensterspur
Schreckhaft auf meine Wege schattet.
Wo wäre die Seele, die da nicht ermattet?
Das eigne Haus wars, das mich so schwächte,
Pagen und Pfaffen, Schranzen und Knechte.
Doch nun werd ich frei –
Mein Stolz, mein Schicksal erklimmen die Höhn,
Wo meine winkenden Ziele stehn.
Vom Haß befeuert,
Von der Hoffnung erneuert,
Sprengt meine Seele die Bande entzwei,
Und deine Liebe, die all dies vollbracht,
ist es, die mich so trunken macht!

Carlos hat sich allmählich der Rampe genähert. Plötzlich schauert er zusammen, faßt die Komtesse und deutet in den Hof des Escorials hinaus.

Da, komm, und schau herab! Siehst du da unten den schwarzen Mönch, der wie zufällig auf die Ecke zusteuert, wo der König verschwunden ist? Dieser Mönch ist der Spion der Inquisition. Philipp überwacht, aber er ist selbst bewacht. Jeden Schritt, den er gegen uns zu macht, macht ein andrer gegen ihn. Siehst du, er tritt ins Haus, und der Mönch verschwindet.

Zu sich selbst.

Ein solches Leben könnt ich nie ertragen!

DIE KOMTESSE

Der König, er lauert aus tausend Verstecken
Feindlich und falsch. Mit hämischer Tücke

Schleicht er auf Gängen und wirft durch die Hecken
Seine gierig spähenden Blicke,
Die durch den Leib in die Seele trachten
Und das Leben wie eine Sünde verachten.
O Carlos, wenn nicht in so wunderbaren
Gluten unsre Seelen auflohten,
Er würde das Herz uns zu Eis erstarren
Und dann es formen nach seinen Geboten.

CARLOS

Fürchte dich nicht! Ich fühle den Schein
Verwegener Taten mein Herz überglänzen,
Hoffnung und Zorn prägen mich rein,
Und morgen werde ich König sein!
In Flandern beginn ich, und über den Grenzen
Werde ich Hilfe bei Frankreich suchen,
Und den Tag, an dem er zuerst mich gekränkt,
Wird mein Vater niemals genug verfluchen!

DIE KOMTESSE

Da kommt Don Juan! Leb wohl! Mein Herz bleibt
hier an deinen Lippen hangen.

Sie zieht sich zurück.

CARLOS, *zu sich selbst.*

Der König schenkt ihm rückhaltlos Vertrauen,
Er weiß ja nicht, wie Don Juan mich liebt.

*Er wendet sich um, sieht Don Juan, der ihm grüßend entge-
gentritt.*

CARLOS, *gebieterisch.*

Ich will aus Spanien flüchten und will, daß du mir
hilfst, und zwar morgen! Zögere nicht!

Sich beruhigend.

Don Juan, besinne dich
An unsre Jugend, die brüderlich

Einst ihre glühendsten Träume teilte,
Damals, als wir noch unzertrennlich
Auf der Schule zu Alcala weilten.
O unser Herz, wie war es beständig,
Karl der Fünfte hielt es in seiner Hand!
Du ahntest schon da die entsetzliche Last
Meines späteren Lebens: ich war der Infant!
Du liebtest nicht Philipp – ich hab ihn gehaßt,
O wie wir ihn haßten, wie brünstig und bös!
Und wie du mich später verlassen hast
– Ich riet es dir selber – da warst du erlöst
Von Feinden und Neidern. Auf wilder See
In Sturm und Gefahren, in allen Meeren
Durftest du herrschen auf meinen Galeeren.
Aber ich, mit meinem verzweifelten Weh,
Mit dem heißen Herzen, das aufquillt und gärt,
Blieb Sklave des Königs, blieb ewig ein Kind,
All meine Wege und Wünsche sind
Von ihm gesperrt und mit Ketten beschwert.
Mein Vater umringt mich mit Spähern und Ehren.
Ich würd es nicht merken, wagt er zu hoffen,
Daß Verachtung sich hinter der Gunst verbirgt,
Und ewig erdulden so bitteren Hohn.
Er handelt verschlagen, ich kämpfe offen!
Ahnst du nun schon,
Warum ich mein Herz so in Wut zerreiße,
Wild um mich zu schlagen, zu brechen und beißen?

DON JUAN

Carlos!

CARLOS

Ich vertraue dir so
Wie damals, als Wahnsinn jäh in mir auflohte
Und mein ganzes Sein zu verschlingen drohte.
Damals hast du mich Bruder genannt,
Und ich fand

Von all den Namen der Zärtlichkeiten
Keinen, der mich ähnlich beglückte.
Du warst mir mehr als ein Prinz und Begleiter,
Du warst der sanfte Freund meiner Leiden,
Vor dir allein nur hatt ich nicht Scham
Zu weinen, wenn Schmerz mich jäh überkam.
Längst schon entrückte
Die Zeit mir all diese kindischen Schmerzen,
Aber sie könnten wieder erwachen,
Wenn mein Vater sie wieder aufflammen läßt,
Bosheit und Haß wohnt in seinem Herzen.
Nachts fühl ich ihn meine Träume durchschleichen
Auf Wegen, die strömendes Blut benäßt,
Ich fühl ihn mir Stirn und die Wangen streichen
Und Hals und Nacken
Mit langen Fingern, die plötzlich zupacken,
Mit seinen falschen, kalten und kühlen
Mördrischen Fingern …
O Don Juan, kannst du es fühlen,
Daß man, wenn man Don Carlos heißt,
Aufschreit und tollwütig um sich beißt?

Don Juan, *unwillkürlich.*
    O sicherlich!

Don Carlos
    Philipp war noch Infant wie ich, als er schon Herr-
    scher war über Flandern. Er zwang seinen Vater, ihm
    Platz zu machen. Ich befolge sein Beispiel. Lange
    habe ich geschwiegen, aber heute bin ich im Alter, wo
    man gebietet. Im Alter, wo man herrscht, wenn man
    Infant von Spanien ist.
    Mir ist es gleichgültig, ob der König den Herzog von
    Alba ernennt oder nicht. Ich ernenne mich selbst.

Don Juan
    Das wäre Empörung, Carlos!

CARLOS

Berghes und Montigny haben es mir beide vorausge-
sagt, sie rieten mir, mit Gewalt mein Recht zu nehmen, das man mir verweigert.

DON JUAN

Berghes und Montigny sind beide tot.

CARLOS

Berghes starb noch zur rechten Zeit. Montigny wurde getötet. Ich wahre ihr Angedenken. Aber mir bleiben noch die Edelleute Flanderns. Brederode, Horn
und Egmont unterstützen meine Ansprüche. Ich
brauche nur zu erscheinen und finde ein Heer bereit.
Sie haben es mir zugesagt, es ist bereit. Sie warten auf
niemanden als auf ihren Führer: auf mich!
Wenn ich zögere, entgehen Spanien für immer die
flandrischen Städte: Antwerpen, Brüssel und Gent.
Der Herzog von Alba ist dort verabscheut. Seine blo-
ße Gegenwart nur würde die Revolte entflammen.
Schon beginnt der Name Wilhelms von Oranien
groß zu werden, das Volk berauscht sich an ihm und
vergißt Karl den Fünften. Weder die Regentin noch
Granvella können Widerstand leisten. Sie sind am
Ende ihrer Kräfte.

DON JUAN

Wie gut du unterrichtet bist!

CARLOS

Ich habe mehr, als du glaubst, an meinen Sieg ge-
dacht. So wie du ausgezogen bist, die Türken zu be-
kämpfen, berausche auch ich mich am Gedanken der
Schlachten und Kriege. Du bist mir ergeben wie keiner: gestern hast du erst mit mir gemeinsam die Marquise von Amboise gerettet. So sage, wann ziehen wir
gemeinsam aus?

DON JUAN

Aber ich kann ja nicht ... ich will nicht ... ich ...

CARLOS

Ich brauche deine Schiffe und deine Soldaten. Zuerst
gewinne ich Frankreich für mich, dann Flandern. Die
Valois werden mich unterstützen, sie verabscheuen
Philipp den Zweiten. Gent, Brüssel und Antwerpen
werden meine Städte sein, wie sie einst die König
Karls waren.
O Don Juan, hörst du die Glocken klingen,
Wie jauchzend sie mir schon entgegenschwingen?
Mit Jubel empfängt mich ganz Niederland,
Ich werd ihren Trotz zu Liebe beschwichten
Und nicht ihn wie Philipp mit Haß vernichten.
Nicht schwächer, allein mit gerechter Hand
Werde ich dort unsre Herrschaft wahren;
Ich werde nicht lügen! Mit wahren und klaren
Taten will ich sie überreden,
Und daß ich gerecht bin, wird einem jeden
Mein Abfall vom Könige offenbaren.

DON JUAN

Carlos, du bist Infant von Spanien, du kannst nicht
angesichts der ganzen Welt, und deines Vaters ...

CARLOS

Ludwig der Elfte, der Dauphin von Frankreich, tat
dasselbe.

DON JUAN

Aber dein Traum ist Verbrechen! Wenn es dir nicht
gelingt, bist du auf immer verloren.

CARLOS

Karl dem Fünften gelang alles!

DON JUAN

Niemals hat er sein Recht an den Zufall gewagt!

CARLOS

Er hätt mich begriffen.
Doch ich will nichts mehr hören!
Der Herzog von Alba darf nicht nach Flandern,
Keiner soll mich mehr hindern und stören,
Nichts, nein, nichts mehr hält mich zurück!
Willst du meinen Tod oder willst du mein Glück?
Wähle das eine, wähle das andre!
O folge mir, Don Juan! Laß dich beschwören!

DON JUAN, *unsicher und eine Ausflucht suchend.*

Carlos, Carlos, wenn ich nur könnte …

CARLOS

Du haßt den Herzog nicht minder als ich!

DON JUAN

Ja ja! Allein … es ist so abenteuerlich, So wild … so …

CARLOS

Was denn? Was denn?

DON JUAN, *zu sich selber.*

Vielleicht … das Beste wär, es vor den König bringen …

CARLOS

Was willst du tun? Sag mir es, sag! Was planst du
denn …

DON JUAN, *zu sich selbst.*

Der König … ja, man muß ihn wissen lassen …
Er wirds verstehn … o sicherlich …

CARLOS

Also es gilt! Ich kann mich drauf verlassen,
Ich geh nach Flandern, du begleitest mich.

DON JUAN, *mit Festigkeit, laut.*

Nein, mehr noch! Selbst will ich dich dorthin bringen!

Mir war nie bang vor stolzen Unternehmen,
Waren sie schwer, so dünkten sie mir doppelt schön!
Ich weiß, ich muß mich meiner Tat nicht schämen,
Sie fordert Mut! Rasch will ich sie vollbringen.
Du warte hier! Laß mich allein zu Werke gehn!

Er eilt rasch ab.

CARLOS, *eilt zum andern Zimmer, der Komtesse entgegen.*
Sieg, Sieg, Geliebte, wir werden frei!
Don Juan hilft mir, er bleibt mir treu,
Und morgen schon sprüht
Das offene Meer seine schäumenden Wogen
An unser Schiff, das den höhnischen Blicken
Nordwärts entflieht.
Du wirst meine goldne Galeere schmücken,
Und das Entzücken
Unsrer seligen Fahrt
Wird so sehr das Feuer der Jugend ausstrahlen,
Daß es selbst ferne, in seinen kahlen
Und kalten Gemächern der König gewahrt!

DIE KOMTESSE
Meine Freude ist toll, meine Seele klingt
Von Jubel, daß unsrer Liebe so Großes gelingt.
Don Juan hat dir also den Tag bestimmt,
Den Ort und die Zeit ...

CARLOS
Don Juan hat mir sein Wort verpfändet,
Wir gehn nach Antwerpen. Er selber nimmt
Teil an allen Gefahren und Sorgen.
Sein Herz ist stark, sein Geist ist behende,
Und was er plant, sagt er mir morgen.

DIE KOMTESSE
Und inzwischen? Was tut er? Will er alles rasch vollbringen, daß du schon dorten bist, ehe dein Vater et-
was ahnt?

CARLOS

Don Juan hat mir nichts gesagt. Es wird für dich die Überraschung sein, alles vollendet zu sehn, ohne es vorher begriffen zu haben.

DIE KOMTESSE

Carlos, ich habe Angst vor Dingen, die ich nicht verstehen kann!

CARLOS, *erschrocken.*

Wie? Du zweifelst? Mein Gott, wie soll ich meine Kraft bewahren können, wenn du zweifelst!

DIE KOMTESSE, *sich rasch wieder besinnend.*

Nein, nein, das ist nicht mein Herz, das jetzt gesprochen hat. Meine Hoffnung ist jetzt wie immer stolz und aufrecht.

CARLOS, *niedergeschlagen.*

Mein Gott! Und ich sah schon alles vollbracht, vollendet.
Die ganze Welt lag golden uns zu Füßen.

DIE KOMTESSE

Und das allein nur, was du siehst, ist wahr.

CARLOS

Nein, nein, zu matt sind meine Glieder,
Ich fühl mich gepackt von Unheil und Grauen!
Alles, wohin meine Augen nur schauen,
Flüchtet vor mir oder schattet hernieder.
Eine einz'ge Sekunde kann mich entfachen
Und die nächste schon wieder urelend machen!
Selbst deine Liebe läßt mich im Stich!
Ich zaudre und schaudre und fürchte mich
Und sehe wie in einen schwarzen Schacht
Meinen Traum hinstürzen, die Königsmacht!

DIE KOMTESSE, *glühend.*

Nein, was du siehst, ist nichts als dein Mut

Und dein blendender Ruhm! Du bist der Welt
Als der junge, feurige Retter bestellt,
Sie zu behüten von den Stürmen der Wut,
Mit denen dein Vater sie niederhält. –
Raffe dich auf zu deiner Krone,
Der Krone Spaniens, der Krone der Welt,
Entreiße sie endlich dem grausamen Sohne
Karls des Fünften, der mit seinen nun kalten
Händen sie einst über die Welt hin gehalten!

CARLOS, *sich wieder aufraffend.*

O Dank für diese heiligen Erinnerungen,
Die meine Stirn berühren wie zum Segen!
Heiß wie von Flammen fühl ich mich durchdrungen,
Wenn du so sprichst. Aus meinem Herz bricht Singen
Und rauscht dem deinen wundersam entgegen.
Ich trinke Lebensglut von deinem roten Munde
Und fühl mich stark. Die dunkle Angst zerstiebt
Wie Rauch vor deiner lichten Gegenwart.
O wie beseelt von Schweigen ist doch diese Stunde,
Wie schön dein Auge, da es seinen König liebt.

DIE KOMTESSE

Komm, Carlos! Komm! ... Die Nacht ist eine Krone,
Aus Glut und Dunkel auf der Liebe Haupt ge-
schmiegt.
Horch hin, horch hin! Der dunkle Manzanaresstrom
Raunt die Legenden von dem Königssohne,
Von dir, dem Kaiser, der die Welt besiegt,
Durch alle Zeiten hin. O hör sein klingend Rauschen,
Wie es von Wirklichkeiten hin zu Träumen wiegt!
Komm! Laß uns lieben, laß uns lauschen ... komm! ...
O komm!

*Sie treten umschlungen langsam in die Gärten hinab und
verschwinden.*

Zweiter Akt

Das Gemach des Königs. Eine Tür rechts, eine links, ein Tisch, der mit Stößen von Papier und Gebetbüchern bedeckt ist, daneben ein Schreibpult. In der Ecke ein Beichtstuhl.

Wie sich der Vorhang hebt, steht Philipp II., der eben gebeichtet hat, auf und schlägt das Zeichen des Kreuzes. Sein Beichtiger erhebt sich gleichfalls, und beide gehen zum Tische hin.

DER BEICHTIGER FRAY BERNARDO

Euer Bekenntnis, mein Sohn, wird Euch nicht als Vergehen angerechnet werden, sondern als Verdienst. Die Klugheit zwingt Euch als König, Euren Worten geheimen Sinn zu unterlegen. Von Wichtigkeit ist nur, was man verschweigt, weil dies Gott allein erfährt.

Ein Schweigen. Philipp II. setzt sich nieder.

Gott schuf Euch so, wie Ihr seid, damit Ihr ihm als König getreu sein könnt.

Der Graf Feria bringt die Post des Königs. Er legt sie auf den Tisch und tritt schweigend ab.

Man muß die Welt gegen ihren eigenen verblendeten Willen retten. Ein König wäre kraftlos, der für ein solches Ziel sein eigenes Recht verringern würde.

*Philipp II. bricht den Briefen die Siegel auf und blättert
langsam darin.*

In unserm Jahrhundert ist der Gedanke der Macht
schwankend geworden. Man vergißt, daß nichts,
nicht einmal die Vernunft, sie erschüttern darf. Ihr
versteht das vollkommen, während es der Heilige Vater kaum zur Hälfte begreift.

PHILIPP

Er weiß nicht, was für Spanien nötig ist.

FRAY BERNARDO

In Rom streitet man, ist unschlüssig und paktiert.
Die Atmosphäre ist schlecht, in der der Papst atmet.
Und wer überlegt, der findet sich ab. Überlegungen
hemmen die Entschlüsse. Wer disputiert, schwächt
sich selbst. Man muß gläubig sein, bejahen und han-
deln ...

*Plötzlich faßt der König einen Brief, von dem er das Auge
nicht mehr läßt. Obwohl sein Beichtiger immer wilder wird
in seiner Begeisterung, schenkt der König allem, was er sagt,
keine Aufmerksamkeit mehr. Langsam ballt sich seine Hand.*

Das ist mein Glaube, ist der einzig große,
Der wie durch Feuer rein geläutert blinkt
In unsrer kranken Zeit, da irdische Empörung
Mit Gott um seine Rechte frevelnd ringt.
Schon riß sich England von der Kirche Schoße,
In unserm Flandern flackert die Verschwörung
Der Sekten auf, das heilige deutsche Reich
Ist von dem neuen Wahne wie zerfleischt. –
Der Könige Zepter schwankt, ein jähes Fieber,
Greift diese Pest auf Stadt und Länder über.
Man meinte fast, daß in dem Sturme heulend
Satan leibhaftig auferstanden sei
Und säte, wüst durch ganz Europa eilend,
Das Samenkorn der Ketzerei.

Er beruhigt sich und folgt mit den Augen dem König bei seiner Lektüre.

Glücklicherweise gibt es aber auf diesem Erdteil ein Spanien: das Eure! Der jahrhundertelange Krieg mit den Ungläubigen hat es feurig gemacht, es hat nicht Furcht vor dem Blut und dem peinlichen Gericht. Keiner, so hoch er auch sei, entgeht dem Arm der Inquisition. Sie haben Carlos de Sesse und seine Frau Isabella verbrennen lassen, obwohl sie königlichen Blutes war. Sie haben Domingo de Royas aus der Familie der Posa zum Tode verurteilt. Ein Cristoval d'Ocampo wurde hingerichtet und seine Leiche den Flammen übergeben. Was die Marquise von Amboise betrifft ...

Bei dem Wort ›Amboise‹ versteckt der König mit einer jähen Geste der Verstellung den Brief, den er in der Hand hält. Der Beichtiger sieht ihn scharf an. Philipp bemerkt es. Einen Augenblick überlegt er. Dann reicht er ihm den Brief hin.

PHILIPP
Hier, mein Vater!

Auf einen Ruf des Königs tritt der Graf Feria ein. Philipp sagt ihm halblaut:

Graf, suchen Sie selbst die Komtesse de Clermont auf und bringen Sie sie hierher!

FRAY BERNARDO, *der nur auf das Schreiben geachtet hat.*
In dieser Angelegenheit gibt es zumindest zwei Schuldige: Don Juan, der die Einschiffung der Marquise von Amboise ermöglichte, und die Komtesse de Clermont, die Geliebte Don Carlos'.

Den Brief nochmals überlesend.

Don Juan ist nicht verläßlich. Erinnert Euch, wie er eines Tages plötzlich fortsegelte, um ohne Auftrag

23

fern von hier zu kämpfen. Seine Aufgabe war, die Küste zu überwachen und sich der Marquise zu bemächtigen. Er hat sich vergangen. Verhaften wir ihn!

PHILIPP

Piraten bedrohten Coruña. Ich selbst habe Don Juan beauftragt, meine Schiffe und Soldaten dorthin zu führen. Auf meinen, nicht auf seinen Befehl hin waren die Küsten von Guipuzcoa unbewacht.

FRAY BERNARDO

Aber eine Frau, so verschlagen sie auch sei, ersinnt nicht ein so gefährliches Unternehmen, und Don Juan …

PHILIPP

Lassen wir ihn aus dem Spiele!

FRAY BERNARDO, *den Rapport nochmals durchforschend.*
Der Bericht beschuldigt in der Tat nur die Komtesse. Ruy d'Almedo hat zwei ihrer Diener erkannt, wie sie abends in Renteria ankamen. Ein anderer Zeuge behauptet, der erste der beiden hätte Don Carlos gehört. Man muß darüber Nachforschungen anstellen.

PHILIPP

Wir werden darüber die Komtesse de Clermont befragen.

FRAY BERNARDO

Sie weiß geschickt zu sein. Die Valois haben in ihr eine vortreffliche Helferin, sie ist Ehrendame und …

PHILIPP, *halblaut.*
Spionin … ich weiß … ich weiß …

FRAY BERNARDO

Don Carlos liebt sie. Sie ähnelt der Königin, Ihrer Gattin. Beide kommen aus Frankreich, man könnte sie für Schwestern halten.

PHILIPP, GEREIZT.

Ich weiß! Ich weiß!

FRAY BERNARDO

Die Komtesse hat es verstanden, sich seines Herzens zu bemächtigen, die Liebe eines Prinzen schmeichelt ihrer weiblichen Eitelkeit. Don Carlos hört nur auf sie. Die Inquisition ist auf der Hut, sie überwacht ihn. Sein Stolz beunruhigt sie ebenso wie seine Schwäche. Wenn er nicht Ihr Sohn wäre …

Plötzlich.

Vielleicht war er es, der Infant, der die Marquise rettete.

PHILIPP

Wahnsinn!

FRAY BERNARDO

Don Carlos ist gefährlich. Man weiß nicht … er wäre imstande gewesen …

PHILIPP

Ach! Wahnsinn, sage ich!

FRAY BERNARDO

Ein anderer Mensch ist in ihm erwacht. Er ist wieder gesund, die Krankheit hat ihn verlassen. Unruhige Gedanken durchwühlen ihn, er hat zu große Hoffnungen.

PHILIPP

Carlos ist nur stark durch eine Frau. Sie müssen wir vernichten.

FRAY BERNARDO

Darf ich, wie eben bei der Beichte, ganz aussprechen, was ich denke?

PHILIPP

Ich ahne es bereits!

Er nähert sich Fray Bernardo und spricht zu ihm, Auge in Auge.

Ja, Don Carlos haßt mich, ja, Don Carlos träumt und berauscht sich an Phantasien, er geht irr und ins Bünde. Ja, Don Carlos muß von dem Verbrechen der Komtesse wissen; aber dieser Don Carlos, so unvorsichtig und selbst gefährlich er sein mag, ist und bleibt doch der zukünftige König Spaniens. Er kann nicht denken, mich zu verraten, ohne sich selbst zu vernichten, und er muß, mag er auch was immer träumen, meine Person respektieren und die Macht, deren Träger er selbst ebenso ist wie ich. Wir sind ein gleicher Gedanke Gottes. Wenn er das vergessen würde …

Fray Bernardo
Der Himmel hört Sie!

Philipp
Und nun – all dies sei gesagt, so wie ich eben vor Ihnen meine Vergehen beichtete – zwischen Ihnen und mir, vor der Ewigkeit allein.

Eine lange Pause.

Nehmt hier Platz, Vater!

Er weist ihn an das Schreibpult zur Linken.

Die Komtesse wird hier erscheinen. Der Graf Feria holt sie hierher. Ihr werdet sie befragen, werdet ihre Aussage aufzeichnen – und wir übermitteln sie dann der heiligen Inquisition.

Die Komtesse wird durch den Grafen Feria in das Zimmer geleitet, der von nun ab zur Rechten des Königs bleibt.

Die Komtesse, *zu Philipp, auf den Grafen und Fray Bernardo weisend.*
Sire, so viele Richter machen mich scheu und verwirren mich. Ich weiß wahrhaftig nicht …

PHILIPP

Gebieten Sie Ihrer Angst, Madame, meine Gegenwart muß sie verscheuchen!

DIE KOMTESSE

Ich kam auf Ihren Ruf. Was ich aussagen könnte, betrifft nur Ihren Sohn ...

PHILIPP, *zu Fray Bernardo.*

Richten Sie Ihre Fragen an Madame!

FRAY BERNARDO

Die Marquise von Amboise hat Spanien ohne Erlaubnis des Königs verlassen. Sie, Madame, haben sie gerettet!

DIE KOMTESSE, *mit Festigkeit.*

Die Marquise und ich waren Freundinnen. Sie hatte sich frei nach Spanien begeben – frei konnte sie es wieder verlassen.

FRAY BERNARDO

Niemand darf ohne Erlaubnis das Königreich betreten oder verlassen. Als die Marquise aus Frankreich nach Spanien kam, war sie katholisch. Wir nahmen sie auf. Sie wurde hier zur Ketzerin, und unsere Justiz mußte sie fassen. Dies mußte Euch bewußt sein.

DIE KOMTESSE

Die Marquise hat niemals, soviel ich weiß, ihren Glauben abgeschworen.

FRAY BERNARDO, *brüsk.*

Das ist nicht wahr!

DIE KOMTESSE

Sire ... die Feindseligkeit Ihres Beichtigers erschreckt mich ... ich weiß nicht ...

PHILIPP

Ich beobachte Ihre Scham und Verwirrung, Madame. Ich lese aus Ihrer Haltung alles, was Sie verbergen wollen!

DIE KOMTESSE
Aber …

FRAY BERNARDO
Mit gutem Vorbedacht sandte die Königin Katharina von Frankreich Sie zu uns. Sie dienen ihr hier besser, als jeder andere es vermöchte.

DIE KOMTESSE
Aber Sire …

FRAY BERNARDO
Ihr Verstand ist scharf, er wittert die Geheimnisse. Wo die andern nur zuschauen, da überwachen Sie. Ihre Briefe unterrichten Frankreich über all das, was der König wissen will.

DIE KOMTESSE, *sich gegen den König wendend.*
Ich handle offen, ich denke ohne Rückhalt. Ich bin hier zu Hofe eine der Damen und Begleiterinnen der Königin: ich bin nichts anderes. Meine Freundschaft für die Marquise von Amboise habe ich nie verborgen. Sie mögen mich vernichten, wenn Ihre Gesetze es so fordern. Aber was die niederträchtigen und verräterischen Briefe betrifft, die ich geschrieben haben soll …

PHILIPP
Mein Verdacht täuscht sich nie!

DIE KOMTESSE
Ich verteidige vor Ihnen meine Ehre! Ich schwöre, daß ich niemals eine Zeile geschrieben habe, die Sie nicht hätten lesen können. Ich beschränke meine Verteidigung auf diesen Eid!

FRAY BERNARDO
Sie wären nicht die bezaubernde Komtesse de Cler-

mont, um deren Freundschaft die Königin sich be-
warb, nicht dieliebenswürdige und verführerische
Freundin, die ein Prinz mit seiner Liebe auszeichnet,
wenn Sie nicht schuldig wären ...

DIE KOMTESSE, *sich gegen den König wendend.*
Sie lassen mich mit Vorwürfen überhäufen, und ich bin
ohne Verteidigung, Sire, und Sie sind ein Edelmann!

PHILIPP, *scharf.*
Madame ...

DIE KOMTESSE, *nur zum Könige sprechend.*
Don Carlos hat mich erwählt, er liebt mich! Ich wei-
he ihm das Höchste, was ich ihm geben kann: mein
Leben. Ganz habe ich es ihm gegeben, ganz und gar.
Wäre ich die Intrigantin, die Ihr mich nennt, er wür-
de mich zurückstoßen.

FRAY BERNARDO
Don Carlos ist blind, weil er Sie liebt.

DIE KOMTESSE, *zu Fray Bernardo.*
Ihr kennt so wie ich
Die fiebrige Hast seiner Jünglingszeit,
Wie sein Leben in Öde und Zorn verstrich.
Aber dies wißt Ihr nicht,
Wie ein Nichts ihn erdrückt, ein Nichts ihn befreit!
Das erstemal schon,
Als ich ihm gegenübertrat,
War er es, der um meine Liebe bat!
Das sanfteste Wort behielt ich davon,
Und jetzt selbst, da Ihr mit spitzem Hohn
Und tückischem Wort mich foltert und quält,
Fühl ich, wie's mich als Trost beseelt

Ein Schweigen. Der König scheint zu warten.

DIE KOMTESSE, *zum König.*
Sire, ich liebe Don Carlos mit Zärtlichkeit,

29

Ich liebe sein Herz, ob es fiebernd frohlockt
Oder zerbrochen stillhält und stockt.
Ich sorge mich nicht um das Überströmen
Seiner machtlosen Wut, seines kindischen Grolls,
Ich liebe ihn so und weiß ihn zu nehmen,
Wie er sich gibt,
Und bin immer stolz,
Daß er mich liebt,
Ich will nicht wägen und nicht überlegen,
Wie nah meine Liebe an Mitleid grenzt ...

PHILIPP, *plötzlich streng.*
Das ist Verbrechen, meinen Sohn derart zu lieben!

DIE KOMTESSE, *empört.*
O Sire! Sire!

PHILIPP
Beruhigt Euch, Madame, verantwortet Euch besser!

DIE KOMTESSE
Ich kann nichts mehr antworten. Ich bin umringt von
Fallstricken: Ihr verdreht meine einfachsten Worte.
Wenn ich Don Carlos meine unterwürfige Zärtlich-
keit bezeige, so lehre ich ihn
Die Kraft und den Mut für ein Königslos.
Ich mache ihn groß,
Ich will die Flammen in ihm aufschüren,
Das Selbstvertraun und die Zuversicht,
In sich den Erben von Spanien zu spüren.

Der König wird unruhig.

Ich lehr ihn, sich endlich als den zu erfahren,
Der nur liebt, was aus eigener Kraft gelingt,
Und der endlich, nach zwanzig versäumten Jahren,
Sein Herz mit den Träumen in Einklang bringt.

PHILIPP
Mir allein und den von mir erwählten Männern ob-

liegt es, Herz und Gesinnung des zukünftigen Königs von Spanien zu formen. Sie sind eine Fremde, Sie sind gefährlich.

Ihre Ratschläge, Ihre Geschicklichkeit, Ihre Liebe, alles ist schädlich für ihn.

DIE KOMTESSE, *empört.*

Oh!

PHILIPP

Gott weiß, in welche Irrtümer Ihr ihn verzerrt, was Ihr ihm nachts sagt, wenn Ihr mich abwesend meint. Die Ketzer, die ihr gemeinsam gerettet habt …

DIE KOMTESSE, *wie überrascht.*

Nein, nein, Ihr Sohn wußte von nichts …

PHILIPP

Also Sie waren es allein?

DIE KOMTESSE

Ja, ja, ich allein bin schuldig, ich wußte auch, welcher Gefahr ich mich aussetzte.

PHILIPP, *zu Fray Bernardo, der schreibt.*

Hier habt Ihr das Geständnis!

DIE KOMTESSE

Ich schäme mich dessen nicht.
Mein Gewissen …

PHILIPP

Genug, Madame! Eine Freundin zu retten ist nichts gegen das, was Ihr hier täglich tut, nichts gegen das, was Ihr wirklich seid: eine Spionin!

DIE KOMTESSE

Ich leugne das, ich bestreite es!

PHILIPP

Es gibt kein Leugnen, wenn ich behaupte.

FRAY BERNARDO
Wir haben die Beweise, Sie sollen sie sehen. Aber gestehen Sie vorerst!

DIE KOMTESSE
Das ist nicht wahr! Das ist unmöglich!

FRAY BERNARDO
Das Geständnis ist erlösend, es tilgt das Vergehen, es rettet Euch den Himmel. Gesteht ein!

DIE KOMTESSE
Nein, nein!

FRAY BERNARDO
Gesteht! Es ist die Erlösung!

DIE KOMTESSE
Nein, nein!

FRAY BERNARDO
Der König weiß alles!

DIE KOMTESSE
Nein, nein!

FRAY BERNARDO
Der König befiehlt es!

DIE KOMTESSE
Nein! Niemals! Niemals!

FRAY BERNARDO, *aufstehend.*
Sie haben früher schon gestanden. Sie werden auch dieses eingestehn!

In diesem Augenblick erhebt sich heftiger Lärm an der Tür. Don Carlos, mit geschwungenem Degen stößt die Türhüter beiseite und dringt ein.

CARLOS, *auf der Schwelle.*
Ich will herein, ich will zum König, sage ich.

PHILIPP
Carlos!

CARLOS
Ich will allein und ohne Zeugen mit Philipp, dem König von Spanien, sprechen, der meine Größe verkennt und verachtet!

PHILIPP
Zurück!

CARLOS
Niemals! Niemals!

GRAF FERIA
Ihr vergeßt Euch, Ihr seid hier im Königlichen Rat ...

CARLOS, *auf den König zeigend.*
Ich bin hier bei meinem Vater,
Ich bin und ich bleibe
Hier angewurzelt. Und keine menschliche Macht
Soll mich von dieser Stelle vertreiben.

Zum Grafen Feria und zu Fray Bernardo, die mit Unruhe auf seinen bloßen Degen blicken.

Ihr braucht nicht für sein Leben zu zagen.

Er wirft seinen Degen auf den Tisch.

Ich hab, eh ich kam, meinen Haß in Fesseln geschlagen.

PHILIPP
Was ist dein Begehr?

CARLOS, *auf den Grafen und Fray Bernardo deutend.*
Ich rede erst, sobald uns diese da verlassen haben!

Auf ein Zeichen des Königs treten der Graf und Fray Bernardo durch die rechte Tür ab. Der Graf nimmt, ohne daß Carlos es bemerkt, dessen Degen mit. Sowie die beiden fort sind, geht Carlos auf die Komtesse zu und nimmt sie bei der Hand.

Nicht ihnen nach, Madame! Geht hier durch diese Türe!

Er führt sie zur linken Tür.

CARLOS

Ich liebe die Komtesse de Clermont. Das ist mein Wille, mein Recht, mein Vergnügen. Soeben, während ich in der Messe weilte, hat sie der Graf Feria aus meinem Hause geholt. Er brachte sie mit Gewalt hierher. Warum das?

PHILIPP

Ich bin nicht einer, an den man Fragen stellt!

CARLOS

Ich bin beunruhigt, ich verlange, daß man mir sagt, Wie der Herzog ein so Ungeheuerliches wagt ...

PHILIPP

Du mußt dies wilde Mißtrauen aufgeben,
Höre mich ruhiger, laß diesen zornigen Ton!
Nichts gibt dir Grund, Beschwerden so jäh zu erheben. Hör zu, ich bin sicher, du verstehst mich, mein Sohn! Die Prinzen von Lothringen wünschen eine Verbindung des Infanten von Spanien mit ihrer Nichte Marie, der ehemaligen Königin von Frankreich. Auch hätte deine Wahl auf die Erzherzogin Anna von Österreich fallen können oder auf die Prinzessin von Valois. Ich habe bisher noch keinen Plan dir vorgelegt, der irgendeiner von diesen den Vorzug gäbe, Ich befürchte nur eins: den Ärger der Komtesse de Clermont über deine Vermählung. Darüber habe ich sie befragt.

CARLOS

Ein Prinz von meinem Geblüt liebt die Komtessen, aber er heiratet nur Königinnen. Die Komtesse wird

an dem Tage, wo ich mich vermählen will, mir bei-
pflichten. Aber ich bin jung, und meine Leidenschaft
will noch ungebunden bleiben.

PHILIPP

Erinnere dich, daß ich in deinem Alter mir schon eine
Königin erwählt hatte!

CARLOS

Weder Marguerite von Valois noch Maria von Schott-
land, deren kühne Schönheit man so sehr rühmt, sagen mir so zu wie die sanfte deutsche Prinzessin.

PHILIPP

Diese Wahl gefiele mir besser als jede andere. Wir
haben schon genug Blutsbande mit den Valois. Und
man muß an das Kaiserreich denken.

Wohlwollend.

Denkt, daß diese Heirat die Krone Karls des Fünften
wieder in Eure Hand gäbe!

CARLOS

O würde dieser Traum nur Wirklichkeit,
Der die Glut meiner heimlichsten Wünsche enthält.
Ich wäre der Kaiser der Christenheit
Und stände vor Gott als der Wille der Welt,
Ich wirkte dann Wunder, und in mir hätte
Europa den Mann, der endlich die Tat vollbringt,
Der nach tausend vergeblichen Jahren die Stätte
Des Heiligen Grabes den Heiden entringt.

PHILIPP

In deinem Blute gären alle starken Kräfte,
Ruhm, Liebe, Ehrgeiz – und vielleicht zu sehr.
Allein ich fühle mich mit dir einträchtig,
Ich bin davon beglückt und will nicht mehr.
Jetzt bin ich sicher, alle feindlichen Berater
Können nun nicht mehr diese Eintracht trennen,

In die uns Gott für immer unlöslich verband.
Ich will dein Glück, mein Carlos. Da – nimm meine
Hand!

CARLOS, *zögernd.*
Mein Vater!

PHILIPP
Es ist die strenge nicht, die züchtigt und verbannt,
Es ist die sanfte, die dem Kinde gerne
Sich legte auf der Stirne heißen Fieberbrand.

CARLOS, *zurückweichend.*
Wir sind uns doch so fremd, so furchtbar ferne!

PHILIPP
Doch ich bestehe drauf!

Carlos reicht ihm die Hand.

Die Erzherzogin wird unserm Hof mit ihren hohen
Tugenden zur Zierde gereichen. Sie spricht von dir
mit Bewunderung, sie liebt dich schon. Mein Ge-
sandter hat es mir berichtet.

CARLOS
Es ist so wenig nötig, um mich zu gewinnen. Ich er-
warte dieses sanfte Kind wie eine Freundin. Sie wird
meine Launen, meinen jähen Unwillen verstehen,
und ich werde ihr dankbar sein können, ohne es ihr
je zu sagen.

PHILIPP
Glückselige Prinzessin!

CARLOS
Sie wird nach der Königin die erste Frau Spaniens
sein. Man wird sie mit Ehren und Bewunderung umringen, ihre Gegenwart wird den ganzen Hof verjün-
gen. Ich werde stolz sein, ihr eine so hohe Würde an-

bieten zu können, wir werden gemeinsam irgendeine
ferne Provinz unserer Königreiche regieren, wir …

PHILIPP, *unterbrechend.*

Sie wird über die Komtesse de Clermont vielleicht
ein wenig verwundert sein, aber die Königinnen von
Spanien müssen nachsichtig sein, sie waren es immer.
Übrigens, die Komtesse bezwingt selbst diejenigen,
die ihr feindlich gesinnt sind. Eben sprachen wir beide zusammen über ihre Freunde in Frankreich. Wir
sprachen sogar von dir.

*Während dieser Worte geht Don Carlos im Zimmer auf und
ab und bleibt schließlich, ohne darauf zu achten, vor dem
Schreibpult stehen, wo Fray Bernardo bei seinem Abgang das
geschriebene Verhör der Komtesse offen liegen gelassen hat.*

CARLOS, *voll Vertrauen.*

O Vater, kenntet Ihr sie nur genauer,
Ich weiß, Ihr liebtet sie! Sie braucht zu wollen bloß,
Und schon verlischt in mir die sieche Trauer,
Mein Herz erwacht, und meine Kraft ist groß.
Ich brauche sie so sehr für all die großen Dinge,
Die ich für Spanien plane, für den Mut,
Den ich als Königsgabe meiner Heimat bringe.
Sie macht mich sicher! Auf den noch zu neuen Bah-
nen
Gibt meinem schwanken Schritt sie das Geleit,
Ich fühl für sie – o dürft ichs vor Euch sagen –
Mit wie viel Dank und heißer Zärtlichkeit!

PHILIPP

Wie sollte ich in dieser einzig schönen
Stunde noch bangend sein, da wir uns so verstehen,
Ein Vater stolz den eignen Sohn zu sehen,
Wie er, die Brust geschwellt von kühnem Sehnen,
In eine Zukunft greift, die er ihm gerne gönnt …

Don Carlos hat seit ein paar Sekunden starr in das Verhör geblickt, das vor seinen Augen, aufgeschlagen liegt. Plötzlich es mit zuckender Hand zerreißend.

CARLOS

Ah, Vater! Das ist wirklich zu toll!
Das heißt den Donner Gottes versuchen!
Wie, indem ihr grausam und ränkevoll
Die Frau, die ich liebe, gequält und umschlichen,
Schrieb

Auf den König zu.

da vor deinen verlogenen Blicken,
Schrieb hier der Henker mit seinen verfluchten
Mönchischen Händen, was sie unfehlbar vernichtet?

PHILIPP

Carlos!

CARLOS

Und du wagtest, von dieser Frau zu sprechen,
Ihren Namen zu nennen, ohne Furcht, daß bei diesem Worte
Die Zunge dir schreckhaft im Munde verdorrte,
Du hast nicht geschauert vor so niederm Verbrechen

PHILIPP, *aufstehend.*

Schweige, Infant! Du beleidigst in mir ...

CARLOS

Oh, um so besser!
Ich speie sie aus, deine tückischen Lügen,
Seit Jahr und Tag
Kreist du mich ein mit niedern Intrigen.
Deine Worte sind wie ein giftiges Bündel,
Ein schwarzes Netz von schleichenden Schlangen;
Sie blenden zuerst, sie locken und züngeln,
Und umschlingen dann plötzlich wie mördrische Zangen.

In dir vollendet die Lüge sich,
Und denk ich an sie, so denk ich an dich!
Werd ich einst Herrscher, so werd ich vielleicht
Alles verwinden, nur dies nicht allein:
Den bittren Ekel, der mich höhnisch durchschleicht,
Ein Sproß aus deinem Blute zu sein!

PHILIPP, *erschüttert.*

Mein Sohn! Mein Sohn!

Er wankt und läßt sich schwankend auf den Betstuhl hinsinken.

CARLOS, *ihm nach.*

Nein! Nein!
Ich leugne es ab, ich bin es nicht mehr,
Ich will es nicht sein!
Du bist der König der Bosheit und Ränke,
Der die Ahnen, den Sohn durch Lüge entehrt,
Des schändlichsten Todes eracht ich dich wert;
Doch die Nachwelt wird deiner Taten gedenken!
In Spanien verflucht, in Flandern verhaßt,
Schwankt so deine Krone, daß ein Handgriff sie faßt.
Und ich fühle nun in
Meine Seele sich finstre Gedanken senken.
Deine Stirn ist für mich nicht mehr mit Salböl genetzt,
Und du solltest Gott mit gefalteten Händen
Danken dafür, daß gerade jetzt
Ich ohne Degen und waffenlos bin!

Er geht nach rückwärts ab, sein Schwert mit den Augen entgeistert suchend.

PHILIPP, *schmerzlich.*

Der Unglückselige! Was plant er? O mein Gott,
Es streifen Mordgedanken schon durch seinen Sinn!
Ich fühle, er will meinen Sturz, meinen Tod!
In blutige Träume stürzt er sich hin!

O könnte ich doch
Mit seines Geistes Verwirrung und Nacht
Sein Verbrechen als arglos und nichtig entschulden!
Doch er greift schon zu hoch,
Nach Spaniens Krone und meiner Macht,
Und das darf ich nicht dulden!
O Gott,
Der du Königen gegen ihr schwachgemutes
Herz die Stärke und Strenge geschenkt,
Vernichte in mir die Stimme des Blutes,
Daß ich strafe, wer mir mein Königsrecht kränkt.

EIN TÜRSTEHER, *eintretend.*
Don Juan!

PHILIPP
Er warte!

Sich besinnend.

Nein! Er trete ein!

DON JUAN, *erregt.*
Mein König …

PHILIPP, *ruhig.*
Was gibts?

DON JUAN
Carlos hat sich in seinem Zimmer eingeschlossen. Er
will niemanden sehn. Und vorhin stürmte er mit wilden Augen und geballten Fäusten durch den Palast …

PHILIPP
Wir haben zusammen als gute Freunde gesprochen.
Wir haben uns sogar die Hände gereicht. Ich habe
keine Ahnung, was ihn so erregen kann. Ihr, der Ihr
sein Vertrauter seid, könnt mir wohl davon berichten!

DON JUAN
Mein König, wenn Ihr wüßtet, wie die Untätigkeit

auf ihm lastet, wie lang, wie schwer ihm die Tage in diesem Palaste werden, wo er Tag für Tag ohne Ziel umherirrt und immer verzweifelter wird!

PHILIPP

Aber die Komtesse, ihre Schönheit und ihre Liebe?

DON JUAN

Sicherlich war es die helle Hand
Der Liebe, die ihn den Finsternissen
Des Fiebers, dem einsamen Grauen entrissen.
Er wurde gesund, seine Seele ward heiter
Durch zärtliche Sorge. Nun aber treibt
Die gleiche Kraft ihn zu Wünschen weiter,
Die ihn wieder mit Unrast und Fieber gefährden:
Er begehrt, ein Führer im Heere zu werden!

PHILIPP

Verlangen nach Liebe, Verlangen nach Ruhm,
Es ist nur dasselbe!

DON JUAN

Und da Ihr über sein Schicksal verfügt,
Und ein einziger Wunsch ihm am Herzen liegt,
Ein einziger Wunsch …

PHILIPP

Ich verstehe. Doch die Regierung Flanderns ist dem Herzog Alba versprochen. Mein Wort ist verpfändet!

DON JUAN

Alles geschieht, oder wird verhindert nach Eurem Ermessen.

PHILIPP

Aber unsere nordländischen Provinzen sind unbotmäßig. Man braucht, um sie zu bändigen, Schrecken und Kaltblütigkeit. Es wird Belagerungen setzen, Stürme, das harte und ermattende Leben der Feldzüge. Und da reicht Don Carlos nicht aus.

DON JUAN

Ich werde ihm zur Seite stehn. Mein Mut wird dem seinigen dienstbar sein, und ich weiß zu befehlen und zu siegen! Wo die alten Heerführer scheitern, triumphieren die jungen!

PHILIPP

Ich habe die ganze Infanterie, die Neapel, Sizilien und Sardinien besetzt hielt, durch Don Garcia nach der Lombardei bringen lassen; ich habe dem Herzog von Albuquerque befohlen, die Anzahl meiner Mailänder Reiter zu verdoppeln. Alle diese Truppen und ebenso die ich in Deutschland aushebe, kennen, lieben Alvarez von Toledo und haben zu ihm Vertrauen. Sie wissen, daß er sie nach Flandern führen und sie dort befehligen soll. Selbst meine Schwester, die den Herzog fürchtet, ist schließlich zur Überzeugung gelangt, daß einzig er dort helfen und retten könne. Alle diese Schwierigkeiten sind endlich überwunden und geebnet: soll ich sie um der Laune eines Kindes willen wieder erneuern?

DON JUAN

Aber die Laune eines Kindes kann den Thron Spaniens erschüttern!

PHILIPP

Wie meint Ihr das?

DON JUAN

Mein König, ich liebe Don Carlos mehr als mich selbst,
Doch über der Liebe steht mir die Pflicht,
Euch treu zu dienen und die Macht zu bewahren.
Und ich fürchte für Euch und für ihn Gefahren
In den jähen Ausbrüchen seiner wilden Natur.
Sein Herz, in dem bald Angst, bald Überschwang siegt,
Ist ein Spielball der Launen, dem einzig nur
Die Rache für vermeintliche Kränkung genügt.

PHILIPP, *ruhig.*

Ich weiß, Don Juan, mein Sohn hat meinen Tod beschlossen.

DON JUAN

Mein König, was für ein Verdacht! Er denkt zu ehrfürchtig, um jemals ein so Ungeheuerliches zu planen.

PHILIPP

Was will er denn?

DON JUAN

Ich sagte es ja schon: nach Flandern gehn und es, in Eurem Namen, zum Wohle Spaniens regieren. Er weiß, daß Ihr in seinem Alter unter Karl dem Fünften schon Herrscher dort wart; daß die Hand Eures Ahnen freigebiger war als die Eure. Und dieser Gedanke stachelt ihn an, verfolgt ihn Tag und Nacht, blendet ihn so, daß er ihn blind macht. Er träumt, fiebert, hat wilde Wahnvorstellungen. O mein König, ich wende mich an Eure Weisheit, alles kann noch geordnet und wiederhergestellt werden, aber um Gottes Gnade, rettet Don Carlos vor der Gefahr ...

PHILIPP

Vor welcher Gefahr?

DON JUAN

Ich zögere, ob ich es Euch sagen darf ... Werdet Ihr es ihm verzeihen?

PHILIPP

Bin ich denn nicht sein Vater?

DON JUAN

Aber nicht nur Eure Verzeihung begehre ich für ihn, auch Eure Unterstützung!

PHILIPP

Sind wir denn nicht zwei Brüder, die dasselbe Kind

lieben? Haben wir ihn denn nicht genug kennen gelernt, daß wir ihm alle Launen, und wären sie selbst wahnsinnig, zu vergeben wissen? Wir könnten zusammen alles betrachten und erwägen.

DON JUAN

Doch wenn sein Traum so toll wäre ...

PHILIPP

So gilt er als ein Traum! Als Verbrechen eines Prinzen ist es im voraus verziehen ...

DON JUAN

Also Ihr versprecht mir ...

PHILIPP

Mehr noch, ich versichere Euch ...

DON JUAN

Nun denn: er will plötzlich nach Frankreich flüchten
Und von dort zu den flandrischen Edelleuten,
Die alle mit Eidschwur sich ihm verpflichtet. –
Berghes und Montigny, die Ihr an seine Seite
Als Wächter gestellt, sie waren selbst die Räte,
Die diesen Wahnsinn in ihm angestiftet,
Die ihn mit falscher Versprechung betörten,
Den Pfeil des Wunschs aus der Seele schnellten.
Und andere kamen, sobald sie es hörten,
Die ihm den Beistand der nordischen Städte
Und selbst ein Hilfsheer in Aussicht stellten,
Bis sich seine Wünsche verwirklicht hätten.

PHILIPP, *nach einem kurzen Staunen.*

So also erklären die Schulden sich,
Das Geld, das in Medina, Burgos, Leon
Er plötzlich in großen Summen entlehnt!
Alles stimmt trefflich und fürchterlich,
Und ich sehe schon,
Daß ich immer zu wenig noch arggewöhnt.

DON JUAN
    Mein König!

PHILIPP
    Wie lautlos, mit wie geschickter Hand
    Waren die Fäden dieses Verbrechens gespannt.
    Das Abenteuer rief, und Carlos war verlockt!

DON JUAN, *unruhig.*
    Mein König! Mein König!

PHILIPP
    Seid unbesorgt,
    Carlos ist jung und toll! Sein Mut gefällt mir sehr!

Mit einer leichten Ironie.

    Und dann, würde ich mich jetzt nicht beeilen,
    Ihm jene Länder schleunigst zuzuteilen,
    So möchte er sie mir wohl selber rauben.

Ein Schweigen. Dann plötzlich.

    Nun denn: Ihr seid ermächtigt, es ihm zu erklären,
    Daß ich, sein Vater, sie ihm freiwillig gewähre!

DON JUAN
    Mein König, darf ichs glauben?

PHILIPP
    Bin ich denn einer, dem nicht recht zu trauen ist?
    Geht! Sagt es ihm! Und Euer einzig Unrecht war,
    Daß Ihr mich dies nicht längst schon wissen ließt!

DON JUAN
    O Dank, mein König! So gewinnt Ihr Euch
    Carlos und Don Juan zugleich.
    Ich eile zu ihm, die Botschaft berichten.
    O wie gut, daß ich, getreu meinen Pflichten,
    Euch als den Vater noch zuzeiten eingeweiht
    Und so Carlos von seinen Sorgen befreit!

Er geht ab. Philipp steht auf und geht gegen die Tür.

PHILIPP, *zur linken Tür.*

> Man lasse mir sofort meinen Notar Don Francisco de Hoyos kommen!

Zur rechten Tür rufend.

> Fray Bernardo! Fray Hieronimo!

Sie erscheinen beide.

PHILIPP, *zu Fray Bernardo.*

> Mein Vater, ich täuschte mich. Ich sprach eben leichthin von der Verfehlung Don Carlos'. Nun weiß ich – ich habe den Beweis –, daß er die Flucht der Marquise von Amboise begünstigt und geleitet hat.
> Er ist der wahre Schuldige, die Komtesse nur eine Mitschuldige.

FRAY BERNARDO, *den König scharf ansehend.*

> Aber …

PHILIPP

> Seine Strafe soll rasch und furchtbar sein, ich schwöre es!

FRAY BERNARDO

> Und der Prozeß der Komtesse, deren Geständnis wir in Händen halten …

PHILIPP

> Was liegt an einer französischen Komtesse, wenn es sich um den Infanten Spaniens handelt! Don Carlos wird diese Nacht noch abgeurteilt werden. Und der Heilige Vater und Europa werden sehen, daß Philipp niemals zögert, ginge es auch gegen seinen eigenen Willen, die Rechte Gottes zu schützen.

FRAY BERNARDO

> Dieses Beispiel wäre das größte, das Ihr geben könnt!

Ihr werdet mir helfen, mein Vater! Da Ihr dazu das Recht habt, werdet Ihr den Großinquisitor Don Diego d'Espinoza vertreten. Ihr werdet vier Richter beiziehn: durch Euch werden sie erfahren, wie sehr ich sein Verbrechen verabscheue. Don Carlos kann als Kranker nicht beim Prozeß erscheinen; er wird durch Martin de Valesco vom kastilianischen Rat und durch mich vertreten sein. Ich werde ihn nach meinem besten Können verteidigen. So wird alles genau nach den Bestimmungen des Gesetzes geschehn, geheim, aber unverzüglich.

Don Francisco de Hoyos tritt ein. Die Mönche wollen sich zurückziehen. Philipp deutet ihnen durch eine Geste an, daß sie bleiben sollen.

Zu den Mönchen.

Bleibt! Ihr sollt meine Zeugen sein!

Zu Don Francisco.

Nehmt Platz und schreibt, was ich Euch sagen werde! Ich, der König, in Gegenwart meines Beichtigers Fray Bernardo, Bischofs zu Cuenca, und Fray Hieronimos, Bruders des Franziskanerordens, erkläre, daß – indem ich Don Juan d'Austria versprach, Don Carlos zum Gouverneur meiner flandrischen Provinzen zu ernennen und denselben Don Juan beauftragte, ihn dorthin zu begleiten – ich weder frei noch nach Maßgabe meines Empfindens gehandelt habe, sondern einzig, um größeres Unheil zu verhüten und mein Leben sowie die Ehre meiner Krone in Sicherheit zu bringen. Dies, damit niemand mit meinem Versprechen Mißbrauch treiben könnte.

Zu den Zeugen Fray Bernardo und Hieronimo.

Ich unterschreib zuerst. Dann unterzeichnet ihr!

Während der König unterschreibt, fällt der Vorhang.

Dritter Akt

Das Gemach der Komtesse. Rechts der Alkoven. Im
Hintergrund ein breites Fenster. Rechts zwei Türen.
Es ist Nacht.

CARLOS
Zum erstenmal
Hab ich heut meinem Vater die Stirn geboten.
Und als mein Ingrimm glühend auflohte,
Erbebte sein Herz und wurde ganz schwach,
Denn als er hinter den drohenden Worten
Die Absicht fühlte, ihn zu ermorden,
Da wurde er zag und gab mir nach.

Zur Komtesse.

Wie unerhört! Er sprach von dir ganz ruhig mit
freundlichen Worten, er lachte mich an, sprach von
meiner Kaiserwürde, täuschte mich mit seinen Zärtlichkeiten … Ach, Geliebte, was warst du nicht anwe-
send, wie ich ihn gezüchtigt habe!

DIE KOMTESSE
Er wird das niemals … niemals vergessen!

CARLOS
Nein, er solls nicht vergessen,
Daß ich der einzige bin in seinem Palast,
Dessen Hand eine Macht, so unermessen
Wie die seine – und noch die der Zukunft umfaßt.

In ihm würde sonst unser Geschlecht aufhören,
Wäre nicht ich durch des Himmels Beschluß,
Dem einst seine Rechte und Reiche gehören,
Und keiner – auch er nicht – kann mir verwehren,
Was nach dem göttlichen Willen mir werden muß.

Ein Schweigen. Er faßt die Hände der Komtesse.

Sprich, was hast du dem Mönch gesagt?

DIE KOMTESSE

Die Wahrheit. Man mißtraute meiner Aufrichtigkeit,
und doch, ich war es bis zum letzten Augenblick – bis
in mein Verderben. Sicherlich ist das Heilige Tribunal von meinem Vergehen schon benachrichtigt
und hat mich verurteilt. Vielleicht werden gleich
seine Boten mich hier suchen kommen. Der König
weiß jetzt, daß ich die Marquise gerettet habe, daß
ich allein ...

CARLOS

Unglückselige! Warum hast du nicht mich lieber genannt?

DIE KOMTESSE

Unter keinen Umständen darf sich sein Verdacht gegen den eigenen Sohn richten!

CARLOS

Aber ich sage dir,
Er ist feig, er fürchtet sich jetzt vor mir,
Ich hab ihn bezwungen, ihn, Philipp den Zweiten,
Ich bog seinen harten Stolz in die Knie.
Noch niemals war ich so stolz und nie
Fühlt ich so seliges Vorbedeuten
Für meine Absicht, trotz aller Gefahren!

DIE KOMTESSE

O wüßtest du, wie roh seine Schmähungen waren,
mit wie niederm Verdacht er mich beschuldigt! Ich,

ich, die Komtesse de Clermont, sei Spionin, überwa-
che den Hof, den König, die Königin, ja sogar dich!

CARLOS

Nie hast du dich um die Angelegenheiten Spaniens
bekümmert. Einzig um die von Flandern …

DIE KOMTESSE

Ja, um diese und deinen Ruhm und all dein Leben!

CARLOS, *indem er sie an sich preßt.*

Doch der König mit all seinem Tun und Lassen,
Was kann er uns geben, was kann er uns nehmen,
Nun, da ich selbst die Zügel erfasse,
Und meine fiebernde Ungeduld
Die kurze Zeit im voraus verbrennt,
Die mich von der großen Minute trennt,
Da ich, von des Jubels wildem Tumult
Golden umbrandet,
Einziehe in meine flandrischen Lande!
Vertraue auf mich,
Ich will für dich streiten,
Ich bin dein Schirm, ich beschütze dich!
Und was du an Mut
In trüben Tagen in mich gebettet,
Das wallt nun auf und steht dir zur Seite,
Meine Dankbarkeit ruht
Nicht eher, als bis sie dich jauchzend errettet!

*Carlos, ganz verloren in Begeisterung, lehnt sein Haupt auf
die Schulter der Komtesse.*

DIE KOMTESSE, *mütterlich*

Wiege, o wiege,
Mein König, in meinem Arm deine Siege
Und all deine wilden Triumphe ein!
Genieße, genieße
Deiner wilden Wünsche verlockende Süße,
Sei deiner feurigen Träume gewiß

Wie von Gott geschaffener Wirklichkeiten!
Vergiß, o vergiß
Die graue Trübsal vergangener Zeiten!
Ich liebe dich heute zu sehr, o zu sehr,
Um dich dem herrlichen Traum zu entraffen,
Der dich zum Helden in siegreichen Waffen
Jauchzend verklärt.
Ob er auch morgen als dämmernder Trug
Schon sinkt und verglänzt,
Es ist mir genug,
Daß er die eine Stunde gewährt
Und mit feuriger Freude dein Haupt dir umkränzt.

Sie führt ihn zur Bank am Fenster, damit Carlos ausruhen könne, der sich willig ihr hingibt.

Gib dich dem Traume hin, der alle Müden segnet,
Eh deine nackte Stirn dem Sturm begegnet!

Don Juan klopft an und tritt ohne Zwang ein, so daß Carlos kaum Zeit hat, sich aus der Umarmung der Komtesse zu lösen.

DON JUAN
Carlos, hier bin ich! Ich halte mein Wort,
Mit lichten Schiffen führ ich dich fort
Nach Flandern. O denk, wie selig Frohlocken
Wird dich dort grüßen,
Mit jauchzenden Glocken
Sinken dir alle Städte zu Füßen,
Denen du ihre Freiheit erhalten.
Das herrliche Land, du sollst es verwalten,
Dies Land, den stolzen Kronherrn im Norden
Und Frankreichs unbezwungnen Rival.
Auf! Deine Stunde ist dir geworden!

CARLOS
Wer gibt mir dies alles mit einem Mal?

DON JUAN

Der König!

DIE KOMTESSE

Ich habe Angst!

CARLOS

Wie hab ich doch seinen Willen gelähmt,
Daß er sich plötzlich zu solcher Gabe bequemt!

DON JUAN

Daß du so neubelebt warst, so kraftvoll, hat ihn bestimmt, deine Jugend, deine Verwegenheit, dein Mut.
Gerade deine Ungeduld, zu herrschen, zu befehlen,
hat auf ihn Eindruck gemacht. Ich habe ihm gesagt …

CARLOS

Du hast gut daran getan, es zu sagen!

DIE KOMTESSE, *entsetzt.*

Don Juan!

DON JUAN

Madame, seid unbesorgt! Ich habe den König ge-
prüft, ehe ich es wagte. Erst nachdem ich mich seiner
versichert hatte, habe ich vorsichtig meine Tat ausge-
führt.

CARLOS

Das war unnötig. Er fürchtet mich und wird mir dar-
um alles zugestehen.

DON JUAN

Er hatte bereits dem Herzog von Alba sein Wort gegeben. Seine lombardischen Reiter, seine Truppen
aus Neapel und Sizilien waren schon bereit, selbst
seine Schwester hatte, nach tausenderlei Überlegungen, ihm zugestimmt und war bereit, den Herzog gut
zu empfangen. Aber was tats? Es war ihm wichtiger,

den Wünschen seiner Untertanen und seines Sohnes nachzugeben.

DIE KOMTESSE

Und dieser Umschwung ist ganz plötzlich erfolgt?

DON JUAN

Soeben!

DIE KOMTESSE

Wie mir das seltsam scheint, ein Zweifel regt sich in mir. Ich kanns nicht glauben.

DON JUAN

Aber Komtesse, warum beargwöhnt Ihr so sehr den König? Bin ich einer, den man zu betrügen wagt? Und hat mein Bruder Philipp nicht das Königsrecht der Aufrichtigkeit? Ich bin einer von denen, die zu viel bedeuten, als daß man sie mißbrauchte, ich bin …

CARLOS

Sag, Don Juan, wann werden wir in Flandern sein?

DON JUAN

Der König wird es selbst bestimmen.

CARLOS

Wann denn?

DON JUAN

Das ist ja einerlei.

CARLOS

Nein, nein, durchaus nicht, ich will nicht der Spielball des Königs sein!

DON JUAN

Ich habe sein Versprechen.

CARLOS

Und ich meine Verpflichtungen! Ich habe hundertfünfzigtausend Dukaten bereit und Geldanweisun-

gen für Sevilla, meine Agenten geben sie weiter, und
der Graf de Guelves und Juan Nunes sind meine Bür-
gen.

DON JUAN

Aber du verlangst doch nicht, daß Philipp den Herzog von Alba sofort zurückberufe! So groß seine
Macht und seine gute Absicht auch sein mögen, er
kann doch nicht …

CARLOS

Dann handle ich allein!

DON JUAN

Das wäre Wahnsinn, Carlos, du bist verpflichtet
durch deine königliche Abkunft. Ich höre die Stimme
deines großen Ahnen sich mahnend erheben!

CARLOS

Ich will nichts hören. Ich reise allein!

DIE KOMTESSE

Ja, tue es, Carlos, tue es!

DON JUAN

Carlos, du wirst ein Unheil beschwören
Mit deiner tollen Halsstarrigkeit!
Laß dich betören
Vom Andenken unsrer Knabenzeit,
Der reinen Freundschaft, die uns umflicht,
Ich flehe dich an, du mußt mich jetzt hören:
Verschmähe die Güte des Königs nicht!
Du darfst ohne mich nicht fort von hier wollen,
Mein sicherer Schutz muß dich geleiten,
Wenn draußen des Lebens Fährlichkeiten
Dein Schicksal wie einen Würfel hinrollen.
Denk doch, der König wird alles gewähren,
Ihn mahnt seine Jugend, er ist seinem Kind
Freundlicher jetzt als jemals gesinnt!

Carlos, mein Carlos, laß dich beschwören,
Er selber ordnet dir all diese Dinge,
Und uns beiden, Carlos, wird alles gelingen!

CARLOS, *herrisch*.
Nun gut. Es sei! Ich gebe ihm zwei Tage Zeit.
Adieu, Don Juan!

Don Juan geht ab.

DIE KOMTESSE
Carlos, ich bange!
Philipp ist voll von Falschheit und Tücke.
Wenn er dich diesmal mit seinen versteckten
Listen in falsche Hoffnung einwiegte
Und sein Arm sich drohend im Dunkel schon reckte?

CARLOS
Sei sicher, daß er nichts Böses versucht,
Denn mit ihm oder nicht,
Mein ist der Sieg und die glorreiche Flucht!
Nun mach ich sie wahr, meine glühendsten Träume.
Don Juan als Feldherr an meiner Seite
Wird mich begleiten,
Er haßt den König, und mir ist er hold,
Sein Herz kann sich gegen das stürzende Schäumen
Meines erwachenden Glücks nicht länger mehr wehren,
Meine Seele ist strahlend von Purpur und Gold!

Er nähert sich der Komtesse.

O gib mir deine Hände, deine Stirn, schenk deine Blicke!
Tu auf den goldnen Garten deiner Haare!
O wie sie atmend und duftbeladen
Sich leuchtend im dämmernden Dunkel baden.

Er löst ihr Haar auf.

Gib deinen Mund, den Mund, der purpurn blinkt,
Daß meiner, selig wie ein Kind, sein süßes Feuer
trinkt!

*Er umarmt sie stürmisch, dann will er fort. Sie hält ihn mit
aller Macht zurück.*

DIE KOMTESSE
O laß uns bleiben, bleiben, lange, lange,
Ich fühle es, wie ich im Tiefsten bange,
Und weiß doch nicht,
Warum mein Herz so zagt und so zittert!
Ist es das fahle, fremde Morgenlicht,
Das tückisch schon den Horizont umwittert?
Sag, daß du mein bist, ganz nur mir gegeben,
Mit all deinem Empfinden, Fühlen und Denken,
Sag, daß ich recht tat, mein ganzes Leben
Für ewig in deine Brust zu versenken!

CARLOS, *wie wenn er beten würde.*
Ich möchte in allen Ewigkeiten
Deiner Stimme nur immer lauschen und lauschen,
Ich möchte in allen Ewigkeiten
Nur in deine seligen Blicke hinein
Mit meinem Wünschen und Wollen hinrauschen,
Ich möchte in allen Ewigkeiten
Mit deiner glühenden Seele allein
Nicht die seligsten Wunder der Welt vertauschen.

DIE KOMTESSE, *leidenschaftlich.*
Mehr! Mehr! O sag mir mehr!

CARLOS, *sie gieriger umschlingend.*
Du bist meine Heilige, du bist die Madonne,
Zu der die Pilger seit Jahrtausenden wallen,
Vom Wald des Golds und der Kerzen umsponnen!
Du bist meine seligste Kraft, oh, in allen
Adern des Blutes fühl ich dich strömen,
Du bist meines Erdreichs beglückende Sonne!

Und ich muß mich schämen,
Daß ein Schicksal mich zwingt, das Liebste zu meiden:
Deine Hand vor Gottes Antlitz zu nehmen!
O Himmel, was möchte ich gerne erleiden,
Um sie mehr zu verdienen, diese unsäglichen Freuden!

DIE KOMTESSE
Still, deine Träume sind rasend und toll!
Die Flammen in deiner Liebe entfachen
So stürmisch sich und so strahlenvoll,
Daß sie die Schatten des Todes verlachen!
Sind wir erst beide nach Flandern entflohen,
So werden andre Gedanken ihr Feuer auflohen
Und mit so reiner Glut unsre Herzen erfüllen,
Daß wir uns lieben nur um der Liebe willen!

Man hört draußen Lärmen.

CARLOS
Geliebte, Mutter und Schwester zugleich
Warst du für mich.
Mit deinen Händen, feurig und weich,
Hast du meinen Willen zu Taten gewendet
Und dadurch meiner Seele die Heilung gespendet.
Geliebte, Geliebte, o freue dich,
Denn das Gold, das dort die Fernen umkränzt,
Es ist mein Ruhm, der die Welt überglänzt.
Mein Blut will stolz in mir überschwellen,
Mein Schicksal scheint hoch zu den Himmeln entrückt,
Aus allem fühle ich Stärke aufquellen,
Ich bin trunken von mir, berauscht und beglückt!

Heftige Schläge an der Tür.

DIE KOMTESSE, *sehr erschreckt.*
Hörst du? Hörst du?

CARLOS, *plötzlich entschlossen.*
Sie sollen herein!

DIE KOMTESSE
Wahnsinn!

CARLOS, *die Komtesse umfassend.*
Ich bin dein Beschützer, ich schirme dich!
Meine Seele ist so deiner Trunkenheit voll,
Daß der Tod mich selbst nicht erschrecken soll!

DIE KOMTESSE
Carlos! Du mein Geliebter …

CARLOS
Ich habe dein Schicksal in meine Hände genommen,
Ich halte es fest.

DIE KOMTESSE
Carlos! Carlos!

CARLOS
Nun denn, sie mögen kommen!

*Carlos eilt hin, die Tür zu öffnen. Fray Bernardo und Sol-
daten dringen ins Gemach. Sie umringen rasch Don Carlos.
Der Mönch tritt vor und liest.*

FRAY BERNARDO
Im Namen des Heiligen Tribunals und des Heiligen
Stuhles …

CARLOS, *die Komtesse beschützend.*
Ich bin Carlos von Spanien, Mönch, und verbiete
dir …

FRAY BERNARDO
Verbietest du Gott? Er selbst ist es, der zu Euch
spricht, sein Wille wird hier erfüllt.

CARLOS
Ich bin dein König!

FRAY BERNARDO
Gott ist der Eure und er spricht zu Euch. Hört auf ihn, Don Carlos, und schweigt!

Eine Stille.

Der Tod in diesem Augenblick bannte Euch in die Hölle ...

CARLOS, *erstaunt.*
Die Hölle ...

FRAY BERNARDO
Ich kam hierher, um Euch die Möglichkeit eines christlichen Todes zu gewähren.

CARLOS
Die Hölle bannen ... mich ... mich in die Hölle ...

FRAY BERNARDO
Fürst, keiner darf, so hoch er stehe, sich gegen Gottes Beschlüsse auflehnen.

CARLOS, *zusammenbrechend.*
Die Hölle ...

FRAY BERNARDO
Im Namen des Heiligen Tribunals und des Heiligen Stuhles seid Ihr, Carlos von Asturien, Sohn Philipps, des Zweiten dieses Namens, für schuldig befunden worden, durch Beistand und Hilfe die Marquise von Amboise, eine Ketzerin und Feindin Spaniens, der Gerechtigkeit Roms und des Königs entzogen zu haben. Wofür das Tribunal der Inquisition ihn zur vorgeschriebenen Strafe verurteilt hat, die ohne Verzug über ihn verhängt werden soll, nur daß in Anrechnung seiner Würde als Infant von der Strafe des Galgens und des Feuers Abstand genommen wird.

CARLOS, *wie verblödet.*
Die Hölle ... mich in die Hölle bannen ... Hölle ...

FRAY BERNARDO

Und nun denkt an die Buße, Carlos, Prinz von Spanien, daß Gott Euch Verzeihung gewähre! Kein Verbrechen ist so groß, daß Reue es nicht auslöschen könnte. Bereuet Ihr?

CARLOS, *mechanisch.*

Ja … ja …

FRAY BERNARDO

Aufrichtig?

CARLOS

Ja.

FRAY BERNARDO

Ich geb Euch Zeit, zu beten.

DIE KOMTESSE, *wie aus einem Traum erwachend.*

So bin ich es nicht,
Den sich die Mörder zum Ziele steckten,
Den sie mördrisch umstellen, das bin nicht ich,
Sondern das Kind hier, das ich zum Leben erweckte?
O Himmel, ist denn eure Gerechtigkeit
Von den falschen Dienern in eurem Kleid
Ganz geknebelt und ganz vergewaltigt?
O ihr Himmel, die ihr in Flammen gleißt,
O ihr Helden, die ihr dort tausendgestaltig
Leuchtet und die ihr Könige heißt,
Hört ihr denn nicht von unten die grellen
Schreie der Qual und Verzweiflung aufgellen,
Die ein Philipp der christlichen Erde entreißt?

Sich zu Don Carlos neigend.

O armes, zitterndes Kind, mein Gebieter,
Der noch gestern von Stolz und Feuer geglüht
Und nun entgeistert, mit fiebernden Gliedern,
Vor einem elenden Priester kniet!

Carlos bleibt stumpfsinnig in seiner Stellung.

Mönch, ermorde mich so wie jenen,
Ich wußte von allem, was er begangen,
Ich hab ihn gereift zu diesem Verbrechen!
Mordet mich mit: das ist mein Verlangen,
Denn unsre Liebe ist eine von denen,
Die nicht vor Tod und dem Sterben bangen!

FRAY BERNARDO
Es ist des Königs, Euer Urteil zu sprechen!

DIE KOMTESSE
Was muß ich denn tun, um Euch zu verfallen?
Denn dieses Verbrechen hab ich ja vollbracht,
Und jetzt noch, da von den Tausenden allen,
Die Ihr gerichtet, keiner mehr wacht,
Stehe ich aufrecht und trotz Euch allein!
Ich liebte Don Carlos. Mit meinen Armen
Riß ich ihn in das Verderben hinein.
Ich warf in sein Herz den glühenden Samen,
Die Liebe, den Haß und das große Erbarmen
Für alle die Armen,
Die durch Eure Wut an den Holzstoß kamen!

FRAY BERNARDO, *kalt.*
Betet zu Gott! Betet zu Gott!

DIE KOMTESSE
Nein, nein!
Euer heilig Gewand ist mit Blut besprengt,
Da kann ich nicht länger mehr gläubig sein!
Was einzig jetzt noch meine Seele bedrängt,
Ist dieses allein:
Daß mirs versagt ist, mit vollen Lungen
Vor allem Volk in die Welt zu schrein,

Sie schreit.

Daß ich voll Ekel mich Eurem Glauben entrungen!

FRAY BERNARDO, *aufschäumend, zu den Soldaten.*

Packt sie! Sie ist verdammt!

Ein Teil der Soldaten bemächtigt sich der Komtesse.

CARLOS, *sinnlos und stupide.*

Die Hölle ... in die Hölle bannen ... Hölle ...

FRAY BERNARDO, *zu der andern Gruppe der Soldaten.*

Faßt ihn und tut, was euch befohlen ist!

*Die Soldaten fassen Don Carlos, der sich wehrt, und schlep-
pen ihn in den Alkoven, aus dem man dann einen wilden
Schrei hört. Sie erwürgen ihn. Während sie ihn hinter den
vorgezogenen Vorhängen morden, spricht ihn Fray Bernardo betend los.*

FRAY BERNARDO

Da Ihr Eure Sünden bereut habt, spreche ich Euch
aller Sünden ledig, derer, die Ihr mit dieser Frau begangen habt,

*Er deutet auf die Tür, durch welche die Komtesse wegge-
schleppt wurde.*

und derer, die Ihr in diesem Augenblick des Zornes
und der Verzweiflung vielleicht begeht. Im Namen
des Vaters, des Sohnes und des Heiligen Geistes.
Amen.

*Die Soldaten treten wieder nach vorne zurück. Die Leiche
Don Carlos' ist in wilder Verzerrung auf dem Bette ausge-
streckt.*

*Fray Bernardo breitet den Toten der Länge nach hin und
faltet ihm die Hände zum Kreuz über der Brust. Zum Führer der Soldaten.*

Jetzt geht den König rufen!

Im Augenblicke, wo das Wort >König< ausgesprochen ist,

öffnet Philipp selbst die Seitentür und erscheint an der Schwelle. Er schreitet ganz langsam gegen das Bett hin und sinkt in die Knie, das Haupt in beiden Händen verborgen.